Hedwig Danner · Kunst auf Seide: Form, Farbe, Fantasie

HEDWIG DANNER

KUNST AUF SEIDE

FORM · FARBE · FANTASIE

Christophorus-Verlag · Freiburg i.Br.

Inhaltsverzeichnis

FAN TSCHENG-DA *(China 1126–1193)*

Sommerliche Freuden auf dem Lande

An den Webstuhl Nacht für Nacht
Muß die junge Frau.
Der Schultheiß treibt die Steuern ein
Eilig und genau.

Daß es am Maulbeerbaum genug
Hat heuer Laub gegeben,
Welch Glück! Es reicht die Seide noch,
Ein Sommerkleid zu weben.

(Günther Eich)

Kunst auf Seide

Schon längst haben wir Europäer die Seidenmalerei, die einst den fernöstlichen Kulturen Chinas und Japans vorbehalten war, bereitwillig aufgenommen und für unsere westlichen Bedürfnisse verändert. Jene Künstler des alten Kulturraumes wandten die Seidenmalerei für ihre meditativ nachempfundenen Landschaftsmalereien an. Welche Wertigkeit gewann bei uns die Seidenmalerei? Mit den Farben, die heute für die Seidenmalerei verwendet werden, erhielten wir zwar eine Vielzahl an Möglichkeiten, Seide zu bemalen und bemalte Seide zu verwenden. Bleibt sie aber – nur so aufgefaßt – nicht selten in der rein dekorativen Oberflächlichkeit stecken?
Ölmalerei hat ihre Gesetze, einen bestimmten Malgrund und Farben sowie ihren eigenen Ausdruck. Die Aquarellmalerei auf Papiergrund unterscheidet sich durch die ihr eigenen Voraussetzungen deutlich von der Ölmalerei. Genauso ist es bei der Seidenmalerei: Auch sie hat ihre eigenen Gesetze, ist also eine eigene Gattung unter den Maltechniken mit speziellen Farben und dem

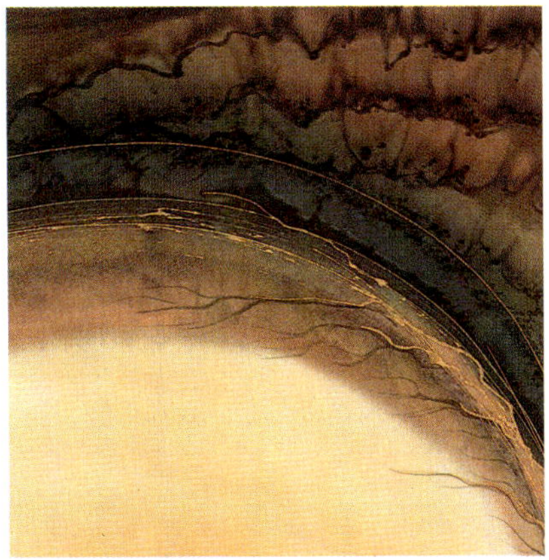

Malgrund Seide. Wie jeder Künstler exakt das Material aussuchen muß für sein Vorhaben, ist es für den Seidenmaler zwingend, die Seidenart zu bestimmen, die für den späteren Ausdruck nötig ist – ein weites Experimentierfeld. Dasselbe gilt auch für das Angebot der Farben.
Mit diesem Buch möchte ich Ihnen die Möglichkeiten aufzeigen, eigenständig die erlernte Vielfalt der Seidenmal-Techniken sensibel für eine bestimmte Aussage zu nutzen. Einer Aussage aber geht immer ein Erleben voraus, z.B. das Finden eines zarten Motives in unwirtlicher unvermuteter Umgebung. Dieses Erleben muß gedanklich transferiert werden auf das Medium Seidenmalerei.
Die Sensibilität für Wahrnehmungen wächst mit der Übung. Ein kleiner Skizzenblock in der Wanderjacke ist nützlich zum Notieren und Skizzieren von Einzelheiten. Beim Zeichnen lernen wir das Sehen. Wir entdecken dabei oft erst kleine Dinge, die uns berühren und über die wir vielleicht dahingeschritten wären.
Dieser Weg – Wahrnehmung, Übersetzung, Ausdruck – macht Vorlagen überflüssig, die sicherlich für erste Versuche nützlich waren. Die eigentliche Kreativität erwacht aber erst bei der genannten Voraussetzung. Die Ausführung in Form und Farbe wird dann von der Fantasie diktiert. Es entsteht eine eigene Schöpfung, ein Unikat, das zunächst keinen anderen Menschen etwas angeht. Findet es Anklang bei anderen, freut uns das zusätzlich. Und vielleicht haben wir damit ein Geschenk in der Hand, das wir mit ganzem Herzen jemandem zueignen wollen.

Idee und Gestaltung

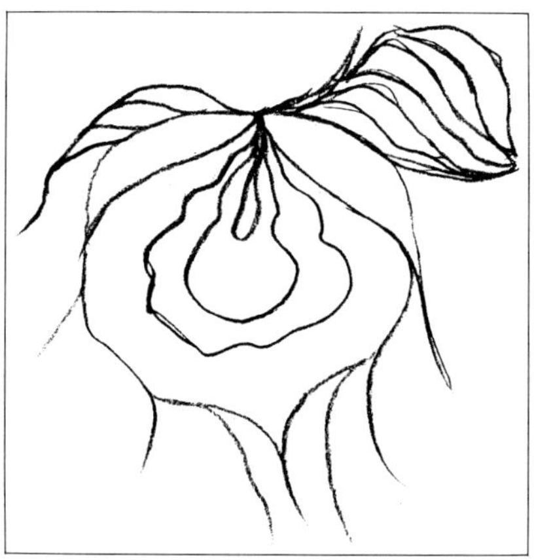

Wahrnehmung, Übersetzung, Ausdruck

Anhand des nebenstehenden Bildes möchte ich Ihnen einmal den gedanklichen Werdegang ausführlich erläutern, der dem Gestalten auf Seide vorausging.
Bei einem Frühsommerspaziergang durch den Naturpark Schönbuch, an dessen Rand ich wohne, fielen mir eine Menge kleiner Eichen-Sprößlinge auf, die – noch halb in der Samenkapsel steckend – bereits eine verhältnismäßig lange Wurzel durch altes Laubwerk hindurchgestoßen hatten, nach nahrhaftem Boden suchend. Daneben stand die Mutterpflanze, eine alte knorrige Eiche. Mir wurde wieder einmal deutlich, wie klein alles Leben beginnt.
Ich betrachtete den Keimling genau: die geborstene Schale, den Weg der Wurzelansätze durch das alte Laub und die Form der Triebe. Ich ließ die Umgebung auf mich einwirken mit den Licht- und Schattenflächen.
Dieses Wahrgenommene berührte mich, und es drängte mich, diesen Eindruck in Form und Farbe auf Seide festzuhalten.
Auf meinem kleinen Skizzenblock notierte ich Einzelheiten. Schon auf dem Heimweg nahm das Bild in meiner Vorstellung ungefähre Konturen an.
Zu Hause vor der aufgespannten, schneeweißen Seide und angesichts meiner Farbfläschchen mußte ich mich entscheiden, in welcher Technik und mit welchen Farbtönen ich dieses Erlebnis ausdrücken wollte.
Ich entschied mich bei den Farben für verschiedene Braun-, Gelb- und Rosttöne und für ein wenig Blaugrün für die kalte Erde.
Was die Technik anbelangt, so wollte ich nur sehr wenige Guttalinien zeichnen, um die schützende Samenkapsel anzudeuten; ansonsten wollte ich fast nur in der Aquarelltechnik arbeiten und die Salztechnik nur sparsam, aber effektiv anwenden.
Bei der Ausarbeitung des Motivs war es mir wichtig, daß der Keimling zwar stark im Mittelpunkt stehen, das Licht aber und die damit verbundene lebensnotwendige Wärme genauso stark zur Geltung kommen muß.
Innerhalb der mit Goldgutta angedeuteten Samenkapsel soll durch den Gelbton und die fast weiß belassene Seide Wärme und Geborgenheit vermittelt werden, während außerhalb der Samenkapsel dunkle Farben in Braun und Blau die Wurzeln und die Erde symbolisieren sollen.
Durch Salzkristalle, die streifenweise angeordnet wurden, entstand eine harte, dunkle Linie, die eine starke Wurzelstruktur darstellen soll. Der hell belassene Fleck über dem Keimling: dem Keimling wird wie vom Sog des Vakuums der Weg gewiesen aus der dunklen Erde hin zum warmen Sonnenlicht.

Ein Meditationsbild? Für mich war es das bestimmt, denn ich fühlte mich von der ersten Begegnung mit diesem Eichen-Keimling bis zur Fertigstellung eingebunden in die ganze Natur.

Der Entwurf

Hier habe ich Ihnen einige meiner „Manteltaschen-Skizzen" aufgezeichnet, die ich von Spaziergängen heimgebracht habe. Meistens genügen diese wenigen Linien, um das Wesentliche festzuhalten. Manchmal füge ich noch einen Hinweis über die Kombination der Farben hinzu.

Wenn ich mir dann zu Hause anhand der Skizze die Motivgestaltung überlege, geschieht es sehr oft, daß aus diesen Überlegungen eine ganz neue Idee entsteht.

Versuchen Sie doch einmal, mehrere Variationen aus einer Skizze abzuleiten, indem Sie verschiedene Techniken und unterschiedliche Farbkombinationen anwenden.

Wenn Sie Ihre Arbeit, an der Sie gerade malen, zwischendurch einmal ruhen lassen, um sie dann später mit etwas mehr Abstand neu zu betrachten, so kann es durchaus geschehen, daß Sie diese mit ganz anderen Augen sehen und eine neue oder bessere Idee integrieren können.

Ein Bild, das von der Idee bis hin zur technischen Gestaltung einen Reifeprozeß durchlaufen hat, wird sich meistens positiv von einer Zufallsarbeit unterscheiden.

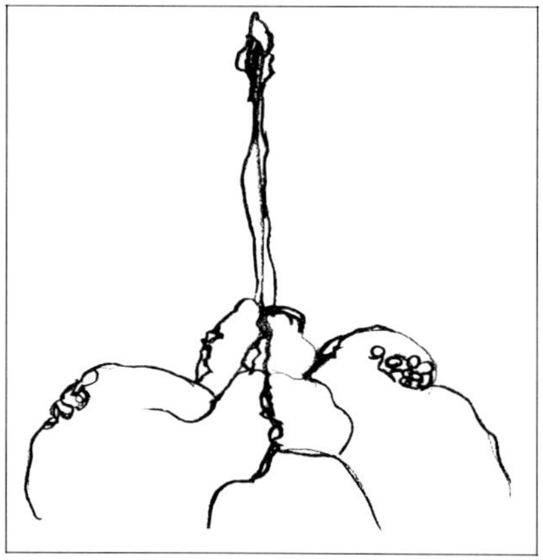

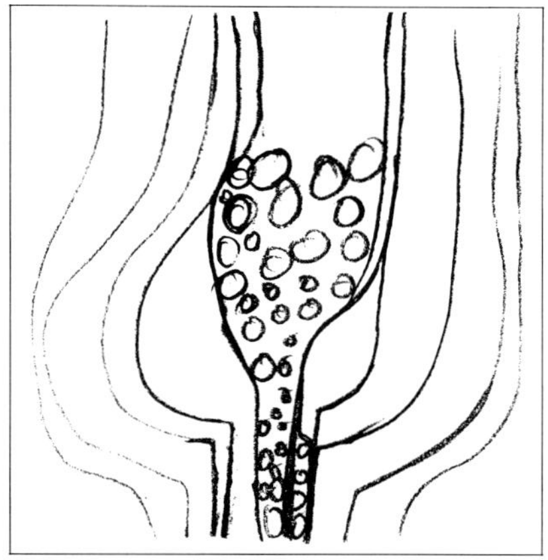

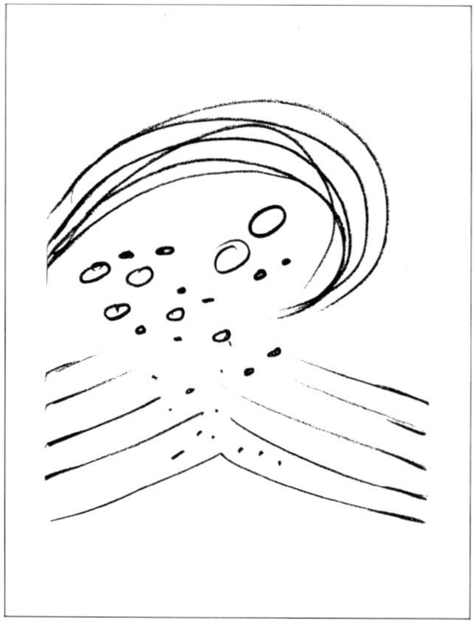

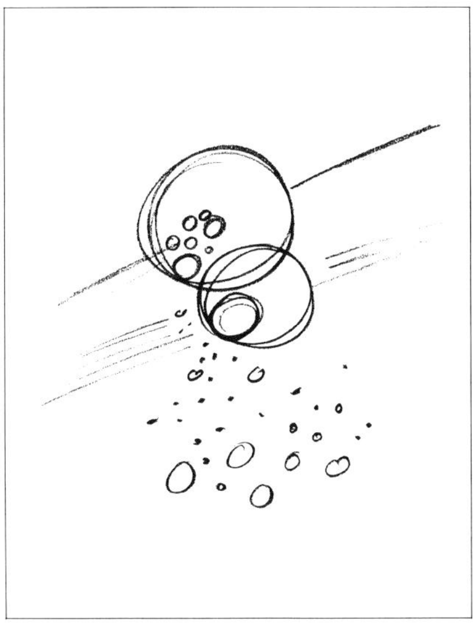

Die Farbwahl

Die Farbe wird letztendlich bei einem Bild entscheiden, welche Empfindungen beim Betrachten eines Bildes entstehen. Rot-, Gelb- und Brauntöne werden als warm empfunden, während blaue und grüne Farben eher kalt wirken. Eine sehr gute Hilfe bei der Farbzusammenstellung ist ein fundiertes Wissen über die Farbenlehre, die Sie der Literatur entnehmen können.
Jeder Farbenhersteller bietet seine eigenen bestimmten Grundfarben an, die ausgesucht sein wollen. In jedem Fall sollte mit Seidenmalfarben gearbeitet werden, die durch Dampf fixierbar sind. Diese Seidenmalfarben sind in der Regel sehr leuchtkräftig.
Zu viele verschiedene Farben in einem Motiv angewandt, vermitteln meist einen unruhigen Gesamteindruck. Wenige Farben, die von einem sehr dunklen Ton bis ganz hell abgestuft werden, wirken dagegen weich und ausgeglichen.

Konkretes, Abstraktes, Gegenstandsloses

Mit den drei Beispielen möchte ich Ihnen zeigen, daß es bei der Seidenmalerei – wie bei anderen Maltechniken auch – möglich ist, ein Motiv präzise und gegenständlich darzustellen (Ähre) oder in Form und Farbe von der Realität zu abstrahieren (Blüte) oder schließlich gar gegenstandslos zu malen (rot-lila Ausschnitt).
In meinen Kursen stelle ich immer wieder fest, daß es den Kursteilnehmern sehr schwerfällt, ein Motiv abstrahiert zu zeichnen oder zu malen. Daher möchte ich Ihnen hierzu eine kleine Hilfestellung geben: Betrachten Sie ein Motiv genau, und zeichnen Sie es gedanklich, den Einzelheiten mit dem Auge folgend, nach. Nun schließen Sie Ihre Augen so weit, daß Sie das Motiv nur noch schemenhaft sehen können. Alle diejenigen Linien, dunklen und hellen Stellen, die dann noch zu erkennen sind, sind wichtig und sollten auf dem Bild deutlich hervortreten, wogegen alles andere nur angedeutet zu werden braucht.

Bei einer gegenstandslosen Seidenmalerei werden die harmonische Anordnung der Farben, eine interessante Linienführung oder bizarre Farbränder die Aussage eines Bildes hauptsächlich bestimmen.

Ähren
Das Motiv ist mit Gutta deutlich und klar gestaltet; der weiße Guttastrich bildet einen starken Kontrast zum dunkelbraunen Hintergrund.

Blüte
Dieses Beispiel zeigt, daß hier sowohl von der Form als auch von der Farbe her abstrahiert wurde. Zunächst wurden die Blütenblätter gemalt (Aquarelltechnik) und anschließend in die Blütenmitte Salz eingestreut. Zum Schluß wurde das Motiv mit hauchdünnen Pinselstrichen umrandet, was diesem eine gewisse Leichtigkeit verleiht.

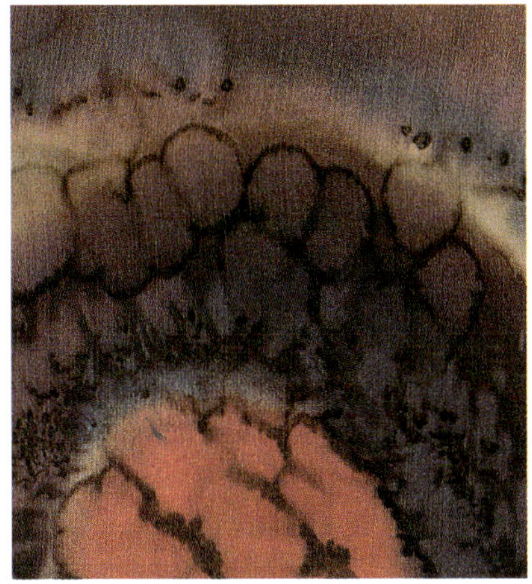

Rot-lila Ausschnitt
Hier wird der Ausdruck des Bildes durch die Farbzusammenstellung und die Anordnung der Farben bestimmt.

Die folgenden Beispiele sollen zeigen, daß sich beim gleichen Motiv je nach der Farbwahl eine andere Stimmung ergibt.

Bild 1:
Das starke Sonnenblumengelb des Hintergrundes strahlt noch starke Wärme aus, während die dunkle Farbe der Bäume und des Vordergrundes bereits die kommende Dunkelheit andeutet.

Bild 2:
Der Himmel über den Bäumen hat schon die kältere Farbe Graublau angenommen, die die kommende Nachtkälte ahnen läßt. Die Farben des Vordergrundes und des Horizontes zeigen weniger Kontrast als bei Bild 1. Der Gesamtausdruck des Bildes ist deutlich kühler.

Bild 3:
Der letzte Schein des Sonnenunterganges ist nur noch an dem leicht rosa getönten Himmel über den Bäumen erkennbar. Der Hintergrund und die Baumstämme sind stärker verschwommen als bei den beiden anderen Bildern. Die Konturen sind durch den aufsteigenden Dunst im Dämmerlicht relativ schwach.

Auf die einzelnen grundsätzlichen Seidenmal-Techniken braucht hier nicht eingegangen zu werden, da diese in zahlreichen Publikationen ausführlich beschrieben sind.

Die Bilder – Erläuterung und Technik

Unsere Umwelt

Mit diesem Bild möchte ich die Bedrohung unserer Natur deutlich machen: Im Laufe der Zeit haben sich die starren Häuserfronten immer mehr auf den ursprünglichen Moorsee im Vordergrund zubewegt. Natur und Zivilisation zeigen sich hier in Konfrontation zueinander.
Die Häuser haben weder Fenster noch Türen: Die Menschen schlafen, obwohl es höchste Zeit wäre aufzuwachen.

Angewandte Techniken
Für die Häuserfronten wurde die Schablonen-Spritztechnik eingesetzt. Der Vordergrund wurde über die wenigen schwarzen Guttalinien hinweg in Aquarelltechnik ausgeführt und anschließend streifenweise Salz aufgestreut.

Frühling

Hier sieht man und spürt es förmlich: der Winter ist endgültig vorbei; das triste Graubraun der Natur wird jetzt durch farbenprächtige Blumen unterbrochen, der Frühling ist eingekehrt. Der expressionistisch anmutende Ausdruck des Bildes wurde dadurch erzielt, daß besonders leuchtende Farben verwendet wurden und der Hintergrund farblich so gestaltet wurde, daß er einen starken Kontrast zu den Blüten bildet.

Angewandte Techniken
Das Motiv und der Hintergrund wurden in Aquarelltechnik ausgeführt; für die Blüten und den Boden wurde zusätzlich die Salztechnik eingesetzt. Als letzter Arbeitsgang wurden die Umrandungslinien der Blüten mit schwarzer Farbe auf die trockene Seide gemalt.

Winterlandschaft

Durch große, fast weiße Flächen und die blaue Farbe soll ein Eindruck von Kälte vermittelt werden. Die bizarren Bäume in Grauschwarz unterstreichen diesen Eindruck.

Angewandte Techniken
Der Hintergrund und das Motiv sind in Aquarelltechnik gemalt. Für die Baumkronen wurde Salztechnik angewandt, während das verdorrte Laub durch das Aufbringen von Wassertropfen zustande kam.

Muschel

Die Muschel liegt auf dem dunklen Grund des Meeres. Das Sonnenlicht kann nur relativ schwach eindringen, so daß die Farbe der Muschel nicht leuchten kann und nur ein dunkles Rot zeigt.

Angewandte Techniken
Die weißen und goldfarbenen Guttalinien wurden sehr breit ausgeführt, damit sich das Motiv vom Vorder- und Hintergrund gut abhebt. Es wurde in Aquarelltechnik gearbeitet, im Vorder- und Hintergrund zusätzlich unter Einsatz der Salztechnik. Die einzelnen Guttafelder des Motivs sind farblich von Dunkel nach Hell abgestuft, damit die Wölbung der Muschel sichtbar wird. Abschließend wurden in einigen Feldern des Motivs Wasserstreifen und -punkte angelegt, um der Muschelform die ihr eigene Charakteristik zu geben.

Zukunft

Manchmal scheinen uns die Situationen unseres Alltags wie Felswände einzuengen oder gar zu erdrücken, Situationen, die kein Ende zu haben scheinen und in denen wir uns klein und hilflos vorkommen. Dabei blicken wir nach rechts und links, sehen nur die unendlich hoch scheinende und abweisende Felsmauer, und vergessen, nach vorwärts zu schauen, dorthin nämlich, wo wir Licht erblicken und eine gute Zukunft erhoffen. Dies wird hier symbolisiert durch das bläuliche Meer im Hintergrund, das Meer als Symbol des Weiten und Starken. Licht wird vermittelt durch die Sonne und den hellen Hintergrund.

Angewandte Techniken
Zuerst wurde auf die weiße Seide farblose Gutta aufgetragen, dann die Guttafelder ausgemalt. Die zarten senkrechten Farbstreifen wurden anschließend auf die angefeuchtete Seide aufgetragen. An einigen Stellen wurden Wassertropfen aufgetupft, und zum Schluß wurden das Meer und die Sonne in Aquarelltechnik gemalt.

Veränderung

Eine uns gegebene Ordnung ermöglicht das Zusammenleben, schränkt jedoch auch ein Handeln nach Belieben ein; dies soll symbolisiert werden durch die Abgrenzung der einzelnen Felder im oberen Bildteil. Diese Ordnung wird verändert, wo sich – im Bild – die Situation zuspitzt. Gleichzeitig aber beginnen Kräfte zu wirken, die diese Veränderung einkreisen und verhindern wollen. Ob sich die Kraft durchsetzt, die etwas anderes will, oder die Kraft, die das Bestehende bewahren möchte, bleibt im Bild offen.

Angewandte Techniken
Der farblose Guttaauftrag erfolgte auf weißer Seide. Die einzelnen Guttafelder und der gelbe Farbfleck wurden in Aquarelltechnik gemalt. In einige Guttafelder und in die untere Bildhälfte wurden zuletzt feine schwarze Linien gezeichnet.

Vase

Angeregt zu diesem Motiv wurde ich durch eine getöpferte Vase, die beidseitig offen ist. Die rötlich und blau gemalten Stellen lassen die Guttastriche gut hervortreten, während der dunkle Hintergrund die Vase und deren Verzierungen plastisch werden läßt.

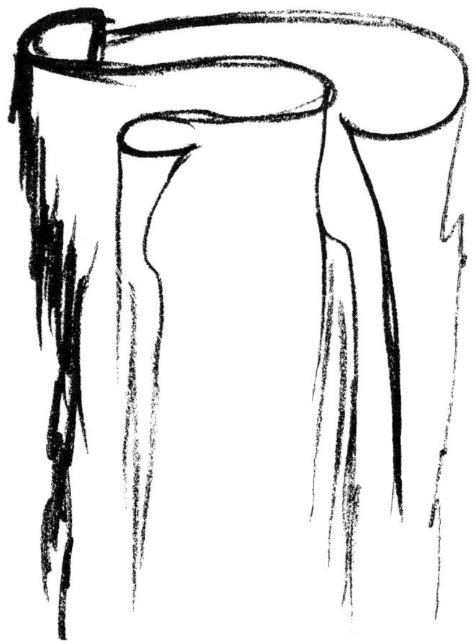

Angewandte Techniken
Der Bildaufbau begann mit dem Zeichnen farbloser Guttalinien auf die weiße Seide. Danach wurden der Hintergrund und das Motiv in Aquarelltechnik ausgeführt. Zum Schluß entstand der dunkle Schatten der Vase, indem Wasserstreifen auf den trockenen Untergrund gemalt wurden.

Februar

Unter dem Schnee treten die tristen schmutzigen Farben des Erdbodens hervor; der Schnee ist grau und teilweise schon zu Schneematsch geworden. Der Neubeginn in der Natur läßt noch auf sich warten: nichts ist grün, und der Frühling läßt sich noch nicht einmal erahnen. Diesen Eindruck möchte ich insbesondere dadurch vermitteln, daß Formen und Farben undefinierbar sind und ineinander übergehen.

Angewandte Techniken
Der Guttaauftrag erfolgte mit dem Pinsel auf weißer Seide. Alle Farben wurden in Aquarelltechnik nacheinander angelegt und dann einige Stellen mit wenig Salzkristallen belebt.

Der Weg

Hier möchte ich Situationen aus dem Leben beschreiben, bei denen ein einmal eingeschlagener und geradlinig begangener Weg (waagerechte Linien) plötzlich unterbrochen wird durch ein unangenehmes Ereignis, sei es durch eine Krankheit, sei es eine unterbrochene oder beendete Karriere oder eine Situation, in der sich zwei Menschen nicht mehr verstehen. Ein solches Ereignis wird hier dargestellt durch die helle Stelle des Bildes, die Leere ausdrücken soll. Die feinen Linien darin deuten Anspannung, aber auch Hoffnung an. Um mit der neuen Situation fertig zu werden, muß ein neuer Weg, unter Umständen auch ein Umweg, gesucht und gegangen werden. Daß dies möglich ist, wollte ich durch die goldfarbenen Linien ausdrücken, die Zuversicht ausstrahlen. Wo der Weg hinführt, und ob er nach links oder nach rechts beschritten wird, bleibt in dem Bild offen.

Angewandte Techniken
Es wurde zuerst Goldgutta auf die weiße Seide aufgetragen, und danach wurden einige schmale Felder in Guttatechnik ausgemalt. Den Hintergrund bilden zwei weich ineinander übergehende Farben (Aquarelltechnik). Auf die dunkelsten Stellen wurde fein gekörntes Salz gestreut. Die Verbindungslinien wurden zum Schluß mit feinen Pinselstrichen auf den trockenen Untergrund gemalt.

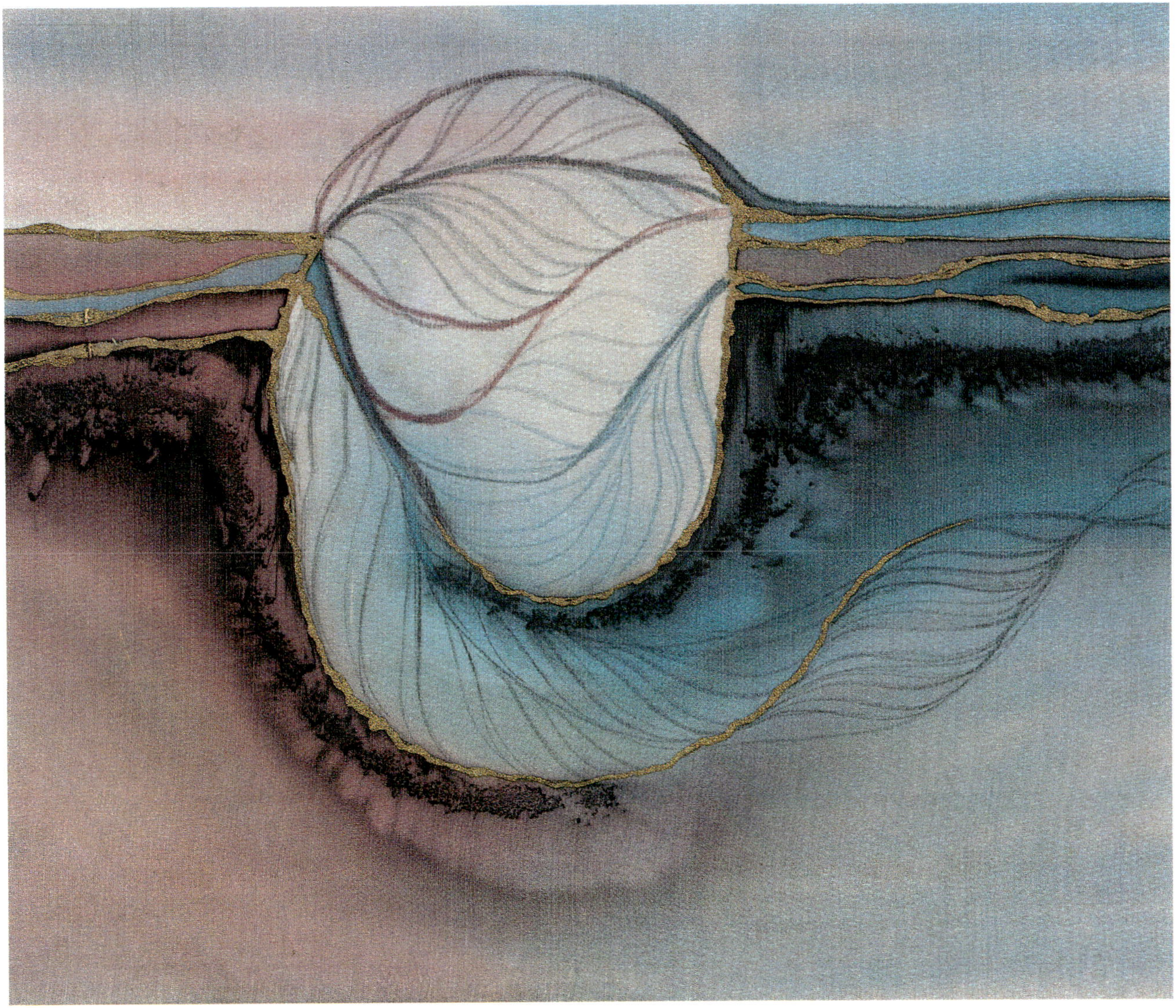

Kraftstrom

Vieles in unserem Leben hat einen kleinen, oft unscheinbaren Anfang und entwickelt sich durch einen Kraftstrom im Laufe der Zeit zu etwas Konkretem. Dieser Kraftstrom beginnt in der unteren rechten Bildhälfte mit feinen Linien, um die herum manches noch unklar scheint; sie finden sich langsam zusammen und nehmen Farbe und Gestalt an. Je mehr sich der Kraftstrom verbreitert und in der Farbe ausdrucksstärker wird, um so klarer und deutlicher kommt die Kraft zum Vorschein, die höhere Ziele erreicht.

Angewandte Techniken
Zunächst wurden die schwarzen Guttalinien auf weißem Grund ausgeführt und danach – farblich abgestimmt – ausgemalt. Der Hintergrund wurde ganz in Aquarelltechnik gearbeitet und mit Salztechnik und feinen schwarzen Linien belebt.

Knospe

Junges Leben – hier symbolisiert durch die Knospe – bedarf für eine bestimmte Zeit des besonderen Schutzes. Die Knospe hat sich geöffnet: die empfindliche Blüte (orange-blau) wird noch geschützt von den Deckblättern auf der rechten Seite des Bildes. Diese Blätter zeigen aber nicht mehr ein frisches Grün, sondern sind bereits bräunlichgrün, was anzeigen soll, daß der pflanzliche Prozeß des Verdorrens – bildlich gesprochen: des Loslösens – bereits begonnen hat. Bald werden die Deckblätter abfallen und die Blüte muß mit den Verhältnissen ihrer Umwelt selbst fertig werden.

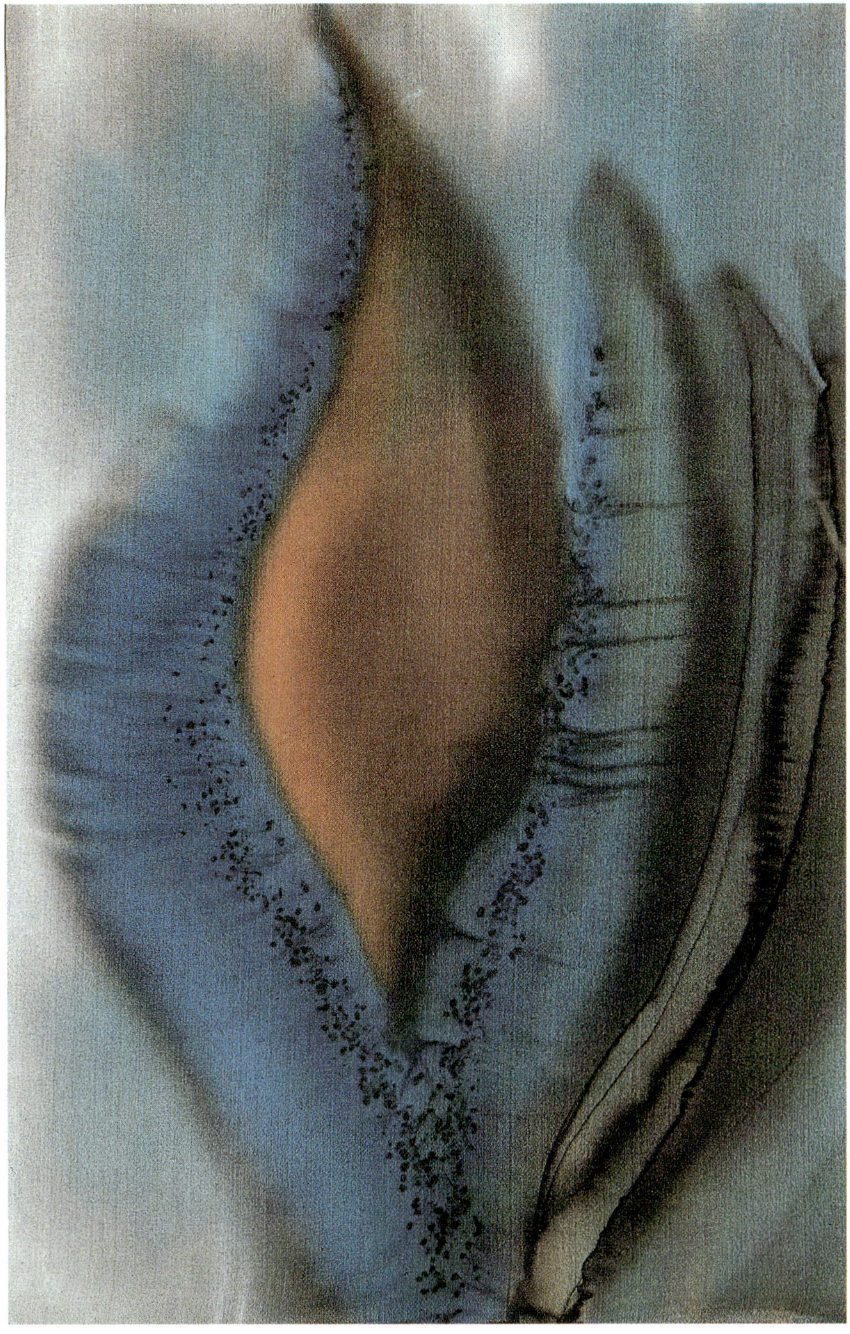

Angewandte Techniken
Der Hintergrund und das Motiv wurden in Aquarelltechnik gemalt; ein Salzauftrag erfolgte in zwei Streifen rechts und links entlang der orangefarbenen Blüte. Zum Schluß wurde die Struktur der Deckblätter dadurch erzielt, daß Wasserstreifen gezogen wurden.

Der Spalt

Eine große blaue Fläche, durch nichts gestört, unterbrochen oder getrübt, symbolisiert eine große Hoffnung. Je mehr sich diese Farbe aber der schwarzen Linie – einer drohenden Grenzlinie – nähert, um so heller wird die Farbe; um so schwächer wird die Hoffnung. Aber dort, wo die Hoffnung ihren Tiefpunkt hat, tut sich – fast unsichtbar – ein kleiner Spalt auf, der wenn er einmal gefunden ist, sich schnell verbreitern kann. Die Antwort auf die Frage, was danach kommt, bleibt dem Betrachter überlassen; dies deuten die ineinander fließenden und nach unten immer heller werdenden Farben an.

Angewandte Techniken
Wenige schwarze Guttalinien und Guttafelder bilden die scharfen Farbabgrenzungen. Das ganze Bild wurde in Aquarelltechnik gearbeitet; der untere Bildteil wurde mit Wassertropfen und sehr feinen schwarzen Linien strukturiert.

Gegensätzliches

Außerhalb der U-förmigen Linie, die eine Schranke symbolisiert, wird eine unruhige Situation dargestellt durch ebensolche Linien und dunkle Farben. Innerhalb der Trennungslinie zeigt sich Ruhe und Harmonie, dargestellt durch harmonische Formen und weich ineinandergehende, im Pastellton gehaltene Farben; hier kann etwas Neues wachsen und sich formen, ohne von außen angegriffen werden zu können. Dieses Neue wird durch die beiden von rechts nach links kommenden Linien und die sich davor befindende strukturierte Fläche angedeutet.

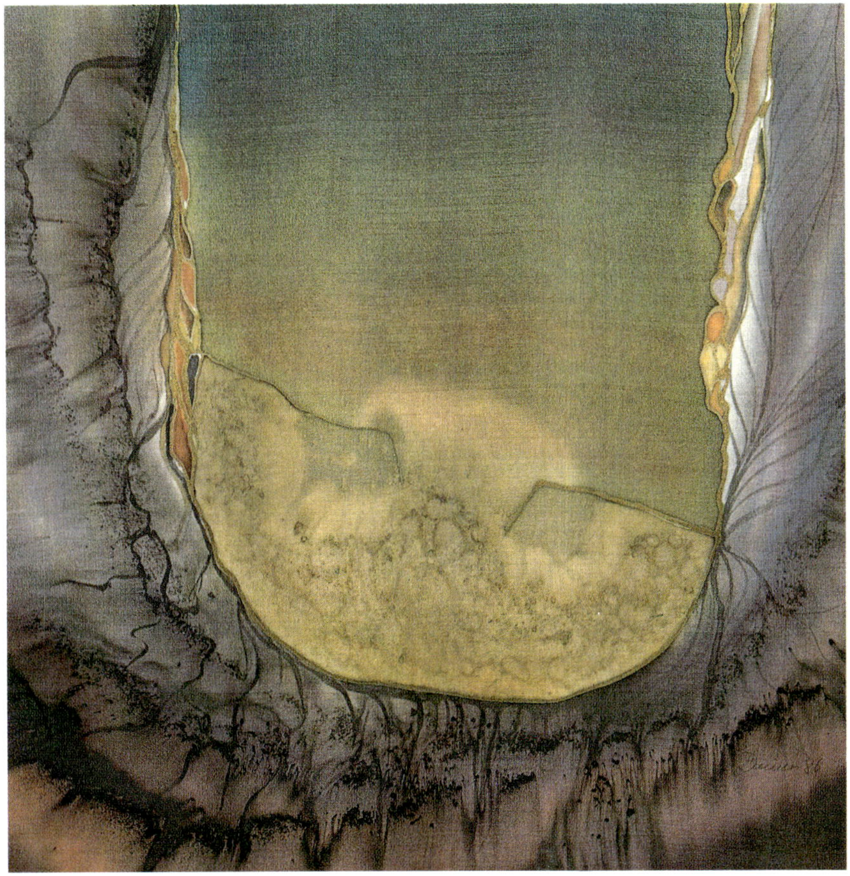

Angewandte Techniken
Zunächst wurde die U-Form mit goldfarbener Gutta gezeichnet und die dabei entstandenen Guttafelder wurden mit Farbe ausgemalt. Dann wurde das gesamte Bild in Aquarelltechnik gemalt und zum Schluß strukturiert mit Salztechnik und Wassertropfen.

Der Sieg

Der in weichen Pastelltönen gemalte Vordergrund symbolisiert das Gute, der dunkle Hintergrund das Böse. Das Bild zeigt jenen Augenblick, in dem das Gute den Sieg über das Böse erringt:
Das Gute, bisher verborgen, schafft den Durchbruch, explosionsartig wie beim Ausbruch eines Vulkans, wie bei einer Samenkapsel, die plötzlich aufspringt, damit der gute Same verbreitet werden kann. Ist dies Vision oder Wirklichkeit?
Es darf offenbleiben, ob die Helligkeit im Hintergrund von oben kommt oder ob es dem Guten gelingt, das Böse zu vertreiben.

Angewandte Techniken
Der Guttaauftrag erfolgte auf weißer Seide. Die einzelnen Guttafelder und der Hintergrund wurden in Aquarelltechnik gemalt. Im Hintergrund wurde in schmalen Bahnen Salz aufgestreut. Zuletzt wurde die orangegelbe Fläche mit Wassertropfen belebt und die Salzbahnen durch dünne schwarze Farbstriche miteinander verbunden.

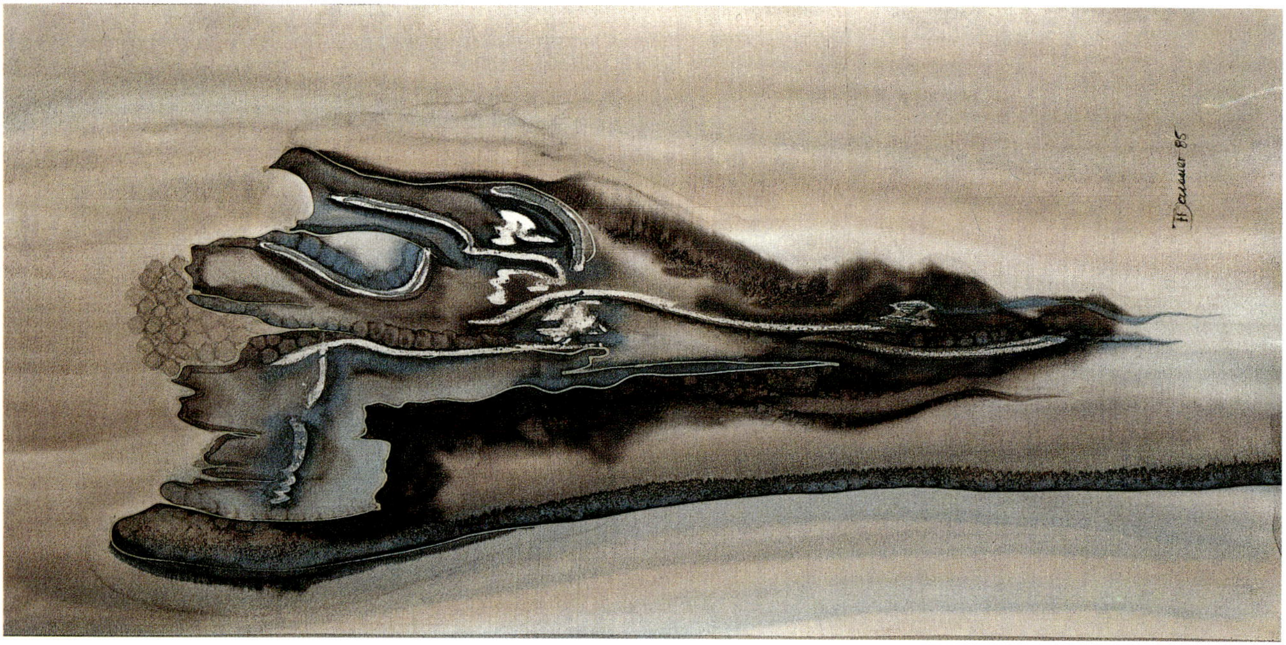

Holzstruktur

Bei einem Spaziergang am Strand fand ich ein verwittertes, ausgebleichtes Stück Holz. Wasser, Sand und Sonne hatten das unscheinbare Stück Holz so gewaschen, geschmirgelt und ausgebleicht, daß es eine sehr interessante Struktur erhalten hatte. Die Brandung des Meeres umspülte, verdeckte das Holz und gab es in ständigem Wechsel immer wieder frei; dies schien ein nie endendes Spiel zu sein. Hetze und Eile waren für mich weit weg: ich hatte ein Stück Urlaub gefunden.

Angewandte Techniken
Die wenigen Guttalinien wurden mit dem Pinsel aufgetragen. Das Motiv wurde ganz in Aquarelltechnik gemalt, und mit feinkörnigem Salz und Wassertropfen belebt.

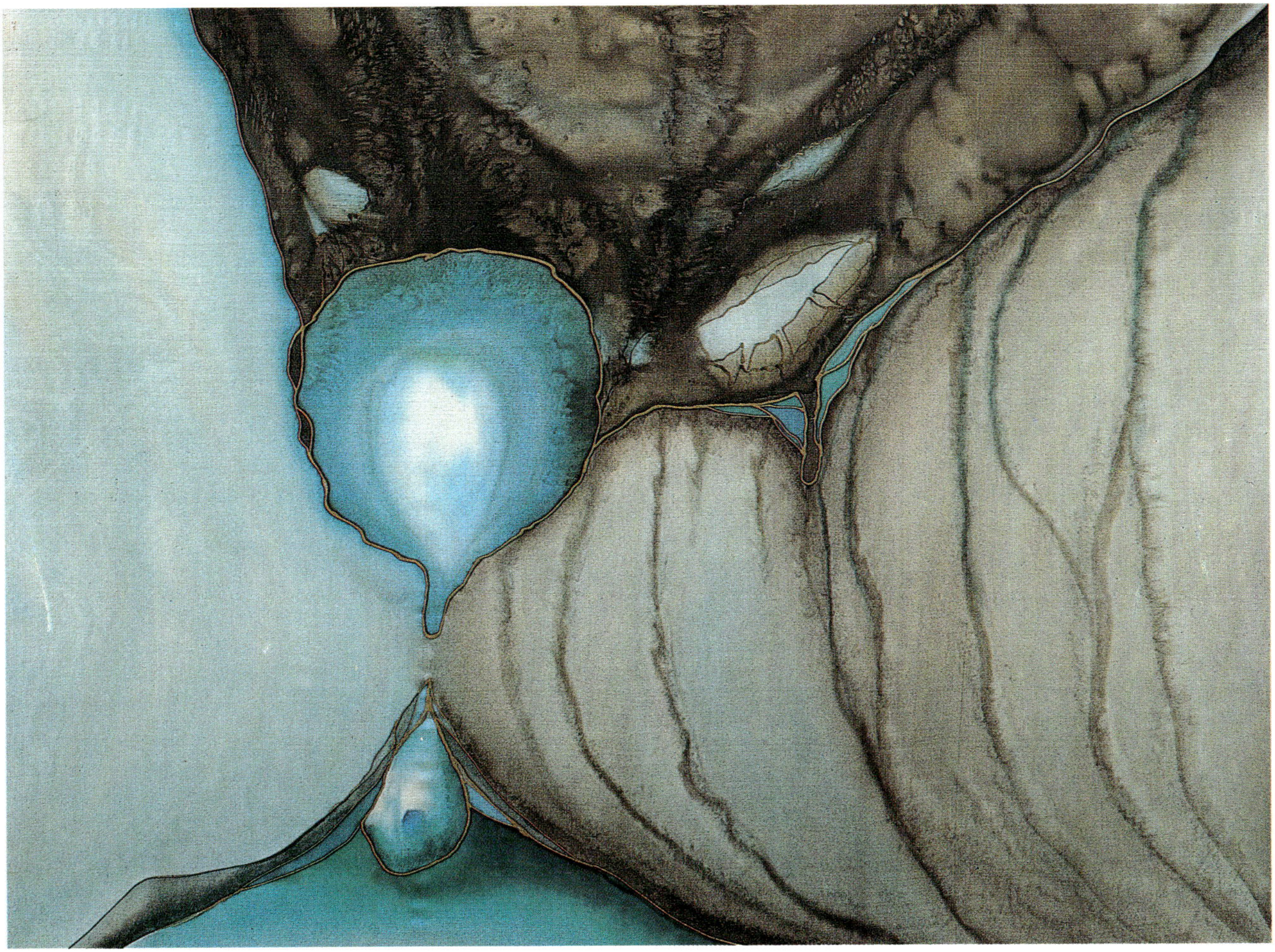

Kristall

Ein Kristall in klaren und hellen Farben ist der strahlende Mittelpunkt des Bildes. Dahinter aber sehen wir dunkles Gestein, drohend, das überall versucht, den Kristall einzuschließen und dessen leuchtende Farbe erst gar nicht zur Geltung kommen zu lassen.

Wo ein Kristall versucht, einen neuen Anfang zu machen (am unteren Bildteil beginnt er sich neu zu formen), beginnen aber auch schon die braunen Linien, sich dagegen zu formieren. Können wir es – wie das Gestein – auch nicht ertragen, wenn ein anderer und nicht wir im Mittelpunkt steht, wenn ein anderer mehr Erfolg hat als wir?

Angewandte Techniken
Über die wenigen Goldguttalinien hinweg wurde das ganze Bild in Aquarelltechnik gemalt. Bei der Ausarbeitung des Bildes wurden Salztechnik, Wassertropfen und Wasserstreifen eingesetzt.

Kompromiß

Mit diesem Bild möchte ich eine Situation darstellen, die im zwischenmenschlichen Bereich häufig anzutreffen ist: es stehen sich zwei verhärtete Fronten gegenüber mit unüberbrückbar scheinenden Gegensätzen. Dies soll symbolisiert werden durch die beiden sich gegenüberstehenden dunklen Flächen, die scharf gegeneinander abgegrenzt sind und zwischen denen die helle Stelle sichtbar ist als Symbol des Trennenden. Dem genauen Betrachter fällt auf, daß die dunklen Flächen nach rechts und links heller werden; dies soll andeuten, daß jeweils hinter den Fronten vielleicht der Wunsch und die Bereitschaft vorhanden sind, die Kluft zu überbrücken und zu einer Kommunikation, vielleicht zu einem Kompromiß zu kommen. Daß dies hier möglich ist, will die blattförmige Feder symbolisieren: sie vermittelt den Eindruck der Behutsamkeit, sie verbindet die Fronten, sie neigt sich. Die hellbraunen Stellen innerhalb der hellen Fläche zeigen an, daß das Aufeinander-Zugehen bereits begonnen hat.

Angewandte Techniken
Zunächst wurden farblose Guttalinien auf weiße Seide gezeichnet; dann wurde der Hintergrund in Aquarelltechnik ausgeführt. Die dunklen Flächen wurden mit Wasserstreifen und -tupfen gestaltet. Zuletzt wurde die Feder mit schwarzer Farbe und mit feinen Pinselstrichen gemalt.

Sehnsucht

Farbe und Form wollen den Eindruck von Sehnsucht vermitteln: Wie in der Dichtung der Romantik die Sehnsucht durch die blaue Blume symbolisiert wird, so hier durch die blaue Sonne und die langstieligen Kugelpflänzchen, die sich der Sonne entgegenstrecken. Deren Blau erreicht jedoch nicht dasjenige der Sonne, weil sie der Erde verhaftet sind, was auch durch das Wurzelwerk angedeutet werden soll. Wenngleich die Pflänzchen die Sonne nie erreichen, leben sie doch vom Licht der Sonne.

Angewandte Techniken
Die Abgrenzungen wurden mit Goldgutta gezeichnet; der Vorder- und der Hintergrund wurden in Aquarell- und Salztechnik ausgeführt. Auf den trockenen Untergrund wurden dann der Guttakante entlang Wassertropfen gesetzt. In die Salzbahnen wurden zum Schluß mit dem Pinsel feine schwarze Linien gemalt.

Zuneigung

Das Gefühl der Zuneigung soll sowohl durch das Motiv als auch durch die Farbwahl ausgedrückt werden. Dies wird symbolisiert durch die einander zugeneigten und stilisierten Ähren, die sich in einem durch dunkles Braun angedeuteten Spannungsfeld befinden. Unterstrichen wird der Eindruck von Harmonie durch die vorherrschenden warmen Farben und den hellen Ton im Hintergrund.

Angewandte Techniken
Zunächst wurde das Motiv mit farbloser und mit goldfarbener Gutta auf den weißen Untergrund gezeichnet; dann wurde der Hintergrund eingefärbt (Aquarelltechnik) und entlang der Ähren auf den noch feuchten Untergrund Salzkristalle gestreut. Zum Schluß wurden auf den trockenen Untergrund des Ährenmotivs feine Linien mit schwarzer Farbe gemalt.

Wirbel

Hier wird die Situation des Menschen dargestellt, dessen Leben zunächst in geordneten Bahnen verläuft, deshalb die in Gold verlaufenden Guttalinien. Plötzlich jedoch gerät der Mensch in den Sog, in den Wirbel von Ereignissen: Er wird hineingezogen und mitgedreht, ob er es will oder nicht. Dann aber heißt es, die Situation durchzustehen, ja sie zu bestehen und sich mit aller Kraft einzusetzen, um diesem Wirbel wieder zu entrinnen und wieder festen Grund unter die Füße zu bekommen.

Angewandte Techniken
Die Goldguttalinien wurden sowohl mit dem Guttaliner als auch mit dem Pinsel ausgeführt. Der Hintergrund wurde ganz in Aquarelltechnik gemalt und mit Salzkristallen und feinen Farblinien strukturiert.

Licht

Mit diesem Bild möchte ich zum Ausdruck bringen, wie wichtig das Licht für die Entfaltung des Lebens ist. Als Symbol für das Leben wurde hier eine Pflanze gewählt, die nur teilweise dem Licht ausgesetzt ist. So banal es klingt, wo das Licht hinfällt, beginnt die Umgebung zu leuchten, andernfalls bleibt alles im Dunkel; diese Erfahrung wird durch die beiden kontrastreichen Farben zum Ausdruck gebracht. Damit die dynamische und belebende Eigenschaft des Lichtes deutlich wird, wurde es nicht nur farblich, sondern zusätzlich durch Streifen abgestuft.

Angewandte Techniken
Der Hintergrund (Licht) wurde in Aquarelltechnik gemalt, und dabei wurde auf einen sehr weichen Übergang der Farbe geachtet. Im dunklen Teil der Pflanze wurde zusätzlich die Salztechnik angewandt. Die Linien und Punkte im Orange entstanden zum Schluß, indem Wasserstreifen und -tropfen gezogen bzw. aufgetupft wurden.

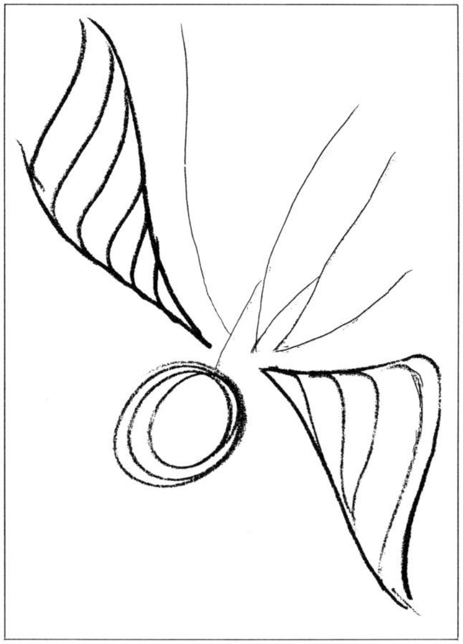

Wagnis

Gelegentlich wagen wir etwas Neues, von dem wir noch nicht wissen, wohin es führt. Vieles ist noch dunkel, unklar, wenig konkret; dies soll der dunkle Farbstreifen zum Ausdruck bringen.
Mit einem solchen Wagnis stoßen wir in das noch Ungewisse vor, das hier in einem diffusen Licht liegt, in dem keinerlei Formen erkennbar sind.
Wenn wir Neues wagen, kommen häufig von mehreren Seiten Gegenargumente gegen das Neue, die uns dann wie Nadelstiche treffen. Im Bild wird dies durch die beiden spitz zulaufenden Flächen dargestellt; diese sind in Form und Farbe sehr klar, weil häufig Argumente gegen etwas Neues klar formuliert werden und so einleuchtend klingen, daß sie uns anfechten und wir fast den Mut verlieren, das Neue zu wagen.
In diesem Bild bricht sich das Neue Bahn – trotz solcher Anfechtungen. Der Anfang des Neuen ist gemacht, und nur, wer das Neue wagt, kann es auch gewinnen.

Angewandte Techniken
Der Guttaauftrag erfolgte auf weißer Seide. Bis auf die kleinen Guttafelder wurde das ganze Bild in Aquarelltechnik gemalt und dann durch den Einsatz der Salztechnik und durch Wassertropfen lebhafter gestaltet.

Engpaß

Durch die breite, fast einfarbige gelbe Fläche entsteht auf den ersten Blick ein optimistischer und positiver Gesamteindruck. Beim genaueren Hinsehen drängt sich jedoch eine bedrohliche Stimmung auf durch die sich nach unten verjüngende Fläche. Dieser Eindruck verstärkt sich durch die quer verlaufenden Salzbahnen und die kühnen Farbstriche.

Angewandte Techniken
Auf dem weißen Untergrund wurde zunächst mit schwarzer und mit farbloser Gutta gezeichnet. Einige kleine Felder wurden in Guttatechnik ausgeführt, während für den Hintergrund die Aquarell- und Salztechnik angewendet wurde. Die große gelbe Fläche (Aquarelltechnik) wurde, von der Mitte dunkel beginnend und zu den Guttakanten hin heller werdend, farblich etwas abgestuft. Zuletzt wurden im unteren Teil der gelben Fläche auf den getrockneten Grund Wassertropfen aufgetupft und in den Salzbahnen des Hintergrundes feine schwarze Linien gezogen.

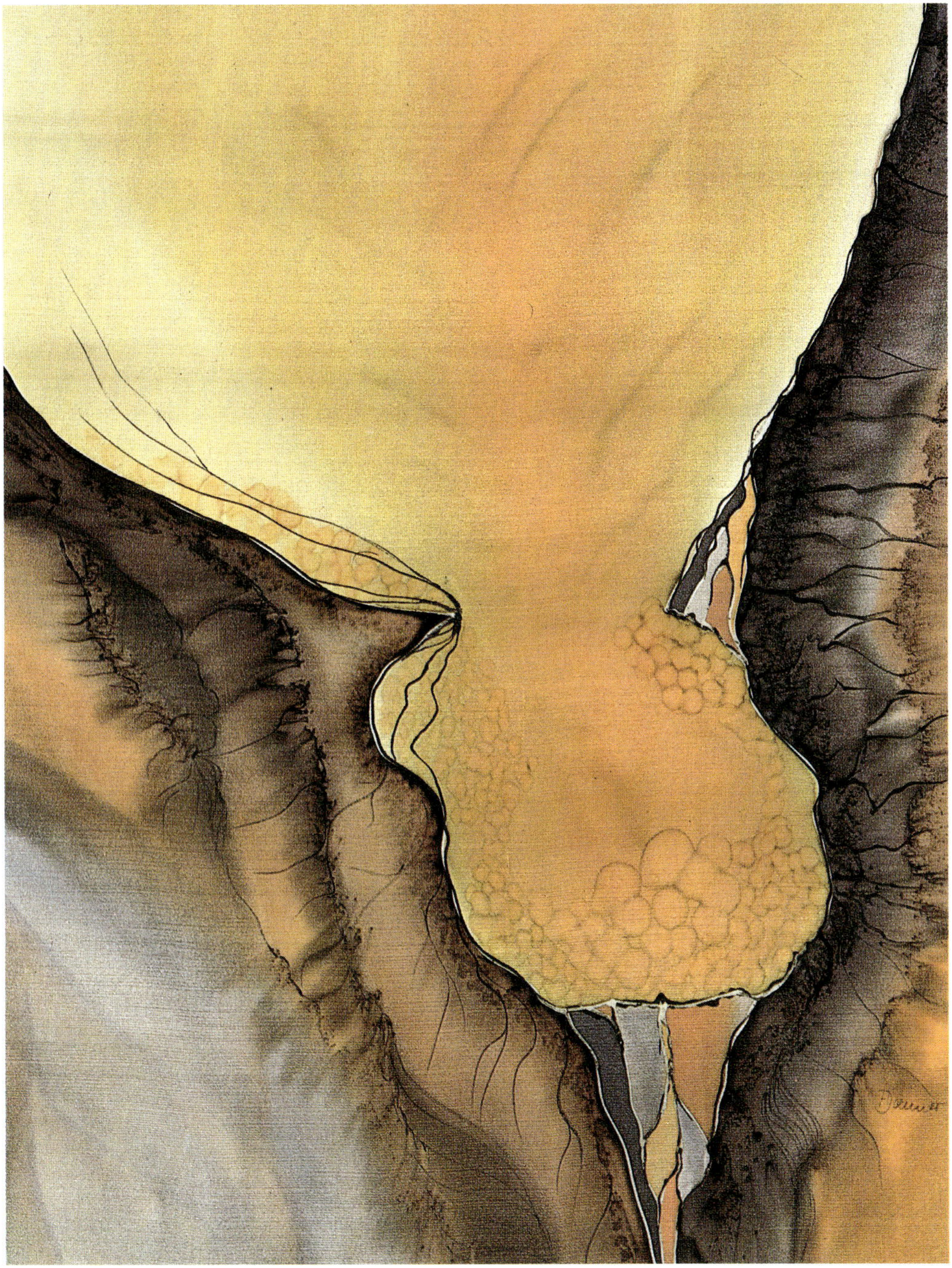

Abendsonne

Wie am Ende eines Tages der Abend steht, so soll als letztes dieser meditativen Bilder eine Abendlandschaft stehen. Ich wählte ein Bild, das in gemischter Technik gemalt wurde, um Ihnen abschließend noch einmal zu zeigen, daß die Guttatechnik (Landschaft) sehr wohl mit den weich ineinander übergehenden Farben der Aquarelltechnik (Sonne) kombiniert werden kann.

Anziehende Kunst – Kunst zum Anziehen

Nachfolgend möchte ich Ihnen an einigen Beispielen zeigen, wie schön bemalte Seide als Kleidung sein kann. Durch die Farben, die wir heute für die Seidenmalerei verwenden, haben wir die Gewähr für hohe Licht-, Wasch- und Farbechtheit. Hierauf mußten die Chinesen und Japaner, die schon vor Jahrhunderten ihre Kimonos bemalten, verzichten; ihre Naturfarben überstanden kaum eine Wäsche.

Nun möchte ich Ihnen einige Hinweise geben, die für Sie sicherlich brauchbar sind, wenn Sie Seidenkleidung selbst herstellen wollen. Die unterschiedlichen Webarten und Stärken der Seide führen zu unterschiedlichen Ergebnissen bei gleichem Farbauftrag. Testen Sie daher die verschiedenen Stoffarten in allen Seidenmaltechniken. Nur so finden Sie für den jeweiligen Stoff die optimale Technik heraus. Daneben lohnt sich auch ein Versuch, verschiedene Techniken zu kombinieren.

Der weiche, fließende Fall, der Seide auszeichnet, kommt durch einen geeigneten Schnitt erst richtig zur Geltung; daher ist die Wahl der Schnittart ausgesprochen wichtig. Ein Schnitt, der beim Tragen viel Faltenwurf erlaubt, unterstreicht das Markante, das die Seide für uns so begehrenswert macht. Der Schnitt allein wird jedoch noch nicht ein gelungenes Kleidungsstück ausmachen; vielmehr ist es die Harmonie von Schnitt, Stoffart und Motiv.

Handbemalte Seide muß nach der Fixierung gewaschen werden; dadurch wird die überschüssige Farbe entfernt. Anschließend wird die Seide zwischen saugfähigen Tüchern ausgerollt, damit die Farben nicht in andere Farbfelder auslaufen können. Bügeln Sie die Seide in jedem Fall, solange sie noch feucht ist; nur so wird diese glatt und glänzend.

Es ist kein Problem, Seide mit der Nähmaschine zu nähen, wenn diese die Seide unter dem Steppfuß exakt transportiert. Alle Schnittkanten müssen nach dem Nähen sorgfältig versäubert werden, da Seide stark ausfranst.

Zum Schluß nenne ich Ihnen noch die Reihenfolge, in der Sie Schritt für Schritt ein Kleidungsstück herstellen: Zeichnen Sie den Schnitt mit Zeichenkohle auf die aufgespannte Seide, und bemessen Sie hierbei die Nahtzugaben reichlich, da Seide bei der Fixierung je nach Stoffstärke bis zu 10 % einlaufen kann. Wenn Sie alle Teile bemalt haben, werden diese fixiert, gewaschen und gebügelt. Erst danach erfolgen das Zuschneiden und das Nähen der einzelnen Teile.

Blaue Bluse mit Glitzerfarben

Für diese Bluse wurde Crêpe Satin verwendet. Aus einer Tube, die eine guttaähnliche Paste mit Glitzerfarben enthält, wurde die Paste auf die Seide aufgetragen und anschließend leicht verstrichen. Nachdem die Paste getrocknet war, kamen die festlich wirkenden Glitzereffekte zum Vorschein.

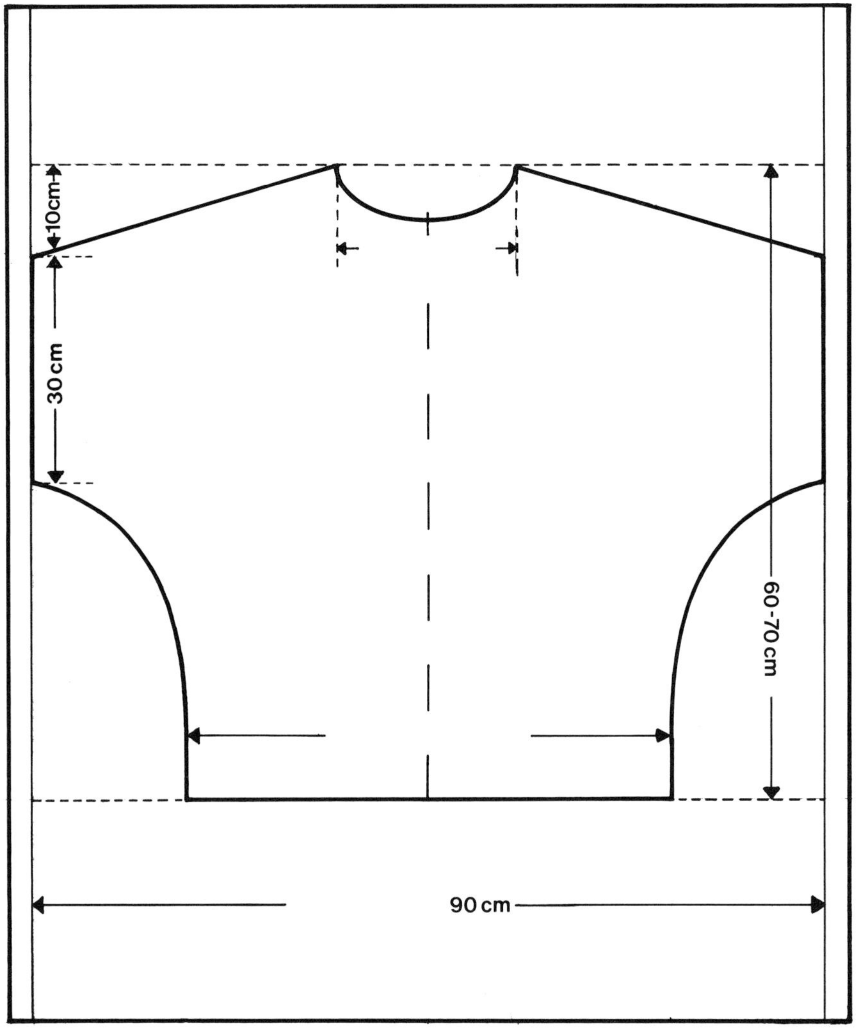
10cm
30 cm
60-70 cm
90 cm

Schwarze Bluse mit Glitzerfarben

Die schwarze Farbe der Bluse bringt die mit Glitzerpaste gemalte Blüte sehr gut zur Geltung. Das Rückenteil der Bluse ist mit einigen geschwungenen Linien (ebenfalls Glitzerpaste) verziert. Die Bluse wird am Saum mit einem breiten Gummiband im Blousonstil zusammengehalten. Hals- und Armausschnitte sind mit einem schmalen Maschinensaum rolliert.

Festliches Kleid

Es ist aus Crêpe Satin, der weite Überwurf aus Crêpe Georgette angefertigt.
Das Kleid und der Überwurf sind von Dunkelblau bis Helltürkis und stufenlos ineinander übergehend eingefärbt worden. Der Überwurf und der Kleidersaum wurden mit Wasserstreifen belebt. Die große Gürtelschließe erhielt durch Glitzereffekte eine festliche Note.

Zweiteiliges Kleid mit Strickeinsatz

Der Rock, der seitlich einen Gehschlitz hat, wurde in Streifen eingefärbt und durch wenige Salzeffekte belebt. Der Kapuzenkragen und die weiten Fledermausärmel haben große und kleine Gutta-Motive in Tropfenform. Zwischen den Guttamotiven wurde teilweise mit Salzeffekten gearbeitet.

Zweiteiliges Kleid mit doppeltem Kragen

Die mit schwarzer Gutta ausgeführten Begrenzungslinien kommen auf dem weißen Untergrund gut zur Geltung. Am Oberteil bilden einige relativ dünne, schwarze Guttalinien die Verbindung zwischen dem Oberteil und dem Rock.

Zweiteiliges Kleid mit großem Viereckkragen

Das Kleid ist aus Crêpe de Chine, der große Viereckkragen aus Crêpe Georgette angefertigt. Die geometrischen Linien am Rock und am Kragen wurden mit schwarzer Gutta ausgeführt.

Windjacke

Die Windjacke ist aus Crêpe de Chine angefertigt, mit Watteline unterlegt und mit Pongéseide abgefüttert. Die geometrischen Farbfelder werden immer wieder durch Felder mit Salzeffekten unterbrochen. Entlang einiger Guttalinien wurde zur Befestigung der Einlage mit der Nähmaschine nachgesteppt.

Zweiteiliges Kleid

Bei diesem Kleid aus Crêpe Satin sind alle Motive mit Silbergutta umrandet.

Zweiteiliger Hosenanzug

Bei der einfarbigen Hose kommt das reich bemalte Oberteil gut zur Geltung. Das Motiv wurde in Mischtechnik ausgeführt, nämlich einer Kombination aus Aquarell- und Salztechnik.

Unikate

Nachdem Sie nun diese kleine Kollektion gesehen haben, brauche ich Ihnen wohl kaum mehr zu sagen, daß es Spaß macht, solch individuell bemalte Kleidungsstücke zu tragen. Wenn Sie darüberhinaus das Kleidungsstück noch nach eigenen Wünschen konzipiert, bemalt und angefertigt haben, können Sie mit Recht auf Ihr einzigartiges Unikat stolz sein.

CIP-Titelaufnahme der
Deutschen Bibliothek

Danner, Hedwig:
Kunst auf Seide: Form,
Farbe, Fantasie/
Hedwig Danner. – 4. Aufl. –
Freiburg im Breisgau:
Christophorus-Verlag, 1988.
(Hobby & Werken)
ISBN 3-419-52771-3

NE: GT

Styling und Fotos: Ulrike Schneiders

Texte zu den Bildern:
Hedwig und Günther Danner

Das Gedicht auf Seite 6 durften wir folgendem Buch entnehmen: Lyrik des Ostens, Gedichte der Völker Asiens vom Nahen bis zum Fernen Osten. Herausgegeben von Wilhelm Gundert, Annemarie Schimmel und Walther Schirnding © 6. Aufl. 1978 Carl Hanser Verlag München Wien

Styling und Fotos: Ulrike Schneiders

Zeichnung auf Seite 54: Irene Sarre
Alle anderen Zeichnungen:
Hedwig Danner

Umschlaggestaltung und Layout:
Michael Wiesinger

Herstellung: Konkordia Druck
GmbH, Bühl (Baden)